AF293076

Nord Ascher

Schon als Kind sah er fasziniert zu, wenn sein Vater vor Hunderten von Menschen Reden hielt. Sprache übte auf Nord eine ungeheure Faszination aus und früh trieb ihn die Frage um, ob Menschen, wenn man ihnen nur die passende Geschichte erzählt, nicht nahezu genauso berechenbar sind, wie Computer bei klassischer Programmierung.

Nach Ausflügen in die Soziologie, Psychologie und Informatik, Abschluss von Ausbildung und Studium ist nicht nur seine Frage weiterhin ungelöst, sondern es reifte eine Künstliche Intelligenz heran, deren Kernkompetenz die Sprache ist. Werden also in der Zukunft Maschinen Geschichten und Bilder gestalten, die Menschen bewegen?

Nord Ascher

Entfesselte Zukunft

Ein Stück

Bibliografische Information der Deutschen Nationalbibliothek:
Die Deutsche Nationalbibliothek verzeichnet diese
Publikation in der Deutschen Nationalbibliografie;
detaillierte bibliografische Daten sind im Internet
über http://dnb.dnb.de abrufbar.

Die automatisierte Analyse des Werkes, um daraus
Informationen insbesondere über Muster, Trends und
Korrelationen gemäß §44b UrhG („Text und Data Mining")
zu gewinnen, ist untersagt.

Herstellung und Verlag: BoD – Books on Demand, Nor-
derstedt
ISBN: 978-3-7597-0406-1

Die Astronauten und Astronautinnen sind
zwischen 25 und 39 Jahre alt

1. GROSSER, HELLER SEMINARRAUM IN EINEM RAUMSCHIFF - FENSTER ZEIGEN WELTALL UND ERDE

(Alexander sitzt im hinteren Teil der Bühne
zusammengesunken auf einer Zweisitzer-
Couch. Katharina arbeitet an ihrem Note-
book, Benjamin tritt ein)

BENJAMIN
Hallo Katharina.

KATHARINA
Was machst du hier?

BENJAMIN
Ich freue mich, Dich zu sehen.

KATHARINA
The universe has a sense of humor.

2.

(Der Raum füllt sich. Jeannie spricht immer
  aus dem Off)

JEANNIE
Guten Morgen. Ich bin Jeannie. Eine KI. Ihr ano-
nymer Gastgeber ist Milliardär. Nennen wir ihn
also Mr. M. Er heißt sie willkommen zu diesem
Wochenendtrip ins Weltall. Sie alle haben sich
zur Zukunft der Menschheit geäußert. Nutzen

sie die Gelegenheit, sich auszutauschen. An-
schließend wird Mr. M entscheiden, ob er ihre
Ideen finanziert.

3.

ISABELL
(Sie tritt ans Fenster)
Das hier ist großartig. Die Technik hat uns so
weit gebracht.

LIA
Wie klein und verletzlich unser Planet aussieht.

SARAH
Von hier kann man die Folgen unseres Handelns
auch nicht erkennen.

DEMIR
Ich kann die chinesische Mauer doch nicht sehen.
Dabei hatte ich so gehofft, dass ein Bauwerk
auch aus dieser Entfernung die Zivilisation dort
unten anzeigt.

ALEXANDER
Ein Ufo fliegt es nachts vorbei, / erkennt nicht
Dubais neuesten Schrei.

ISABELL
Steht dieses Raumschiff nicht mehr für die
Menschheit, als es Steine und Mörtel jemals
könnten?

DEMIR
Kirchen, Tempel und Hochhäuser sind die sicht-
baren Zeichen der menschlichen Entwicklung.

ISABELL
Je höher diese Kathedralen, desto dringender der
Appell: „Glaube an mich." Das gilt für Religio-
nen und Firmenzentralen gleichermaßen.

DEMIR
Du musst es mit den Augen des Handwerkers
sehen.

4.

(Paul und Maria treten hinzu. Isabell, Lia
    und Sarah ab)

PAUL
Wenn man das Aufstrebende der Kunst darin
sieht, dann erschließt sich auch das Göttliche.

MARIA
Wie praktisch. Dann kann sich jeder seinen eigenen Gott kneten oder schnitzen.

DEMIR
Ich baue keine Gotteshäuser. Mir sind Wohnungen für die Familien wichtig. Ein Heim zu haben,
hält die Menschen zusammen.

PAUL
Fasst du noch selbst mit an?

DEMIR
Zuletzt vor 5 Jahren, als ich für meine Mutter ein
Haus baute.

PAUL
Das ist großartig, oder? Wenn ich an den Formen
einer Skulptur arbeite, kann ich mich abends
kaum losreißen vom gerade Geschaffenen.

ALEXANDER
Pygmalion bekam den Segen, / doch meist muss
man sich selber regen

DEMIR
Diese wohltuende Form der Erschöpfung, die
lässt sich auf einem Ergometer nicht erreichen.

MARIA
Gibt's hier Bier? Ich glaub' die Handwerker wollen anstoßen.

DEMIR
Gute Idee.

PAUL
Ich bin Paul.

DEMIR
Demir.

5.

(Demir und Paul ab. Auftritt Katharina
  und Isabell)

ISABELL
Als ich an den Weltraumbeschreibungen meiner
Bücher saß, hätte ich mir nie vorstellen können,
selbst einmal hier oben zu sein.

MARIA
Das heißt, bisher alles wie bei Karl Mays imagi-
niertem wilden Westen?

KATHARINA
Ich bin Fan. Habe alle deine Romane gelesen. Lo-
ved them. Und der Weltraum scheint mir ebenso
gut recherchiert wie die Physik.

MARIA
Hier finden sich ebenfalls gleich zwei. Auch ein
Bierchen oder womit stoßen die Damen an?

ISABELL
Ich trinke erst, wenn ich Ms Geldzusage habe.
Mehr Science Fiction für die Kinder. MINT statt
toter Sprachen. Star Trek statt Hausmärchen.

MARIA
Ich mag Menschen, die die Odyssee im Original
lesen.

ISABELL
Ich hatte schon vermutet, dass dein Freundes-
kreis überschaubar ist. Mein Ausschlusskrite-
rium sind Menschen, die gendern, aber nicht
rechnen können.
(Maria ab)

KATHARINA
Für so sensibel hätte ich sie jetzt gar nicht gehalten.

6.

(Auftritt Benjamin)

KATHARINA
Gerade sprachen wir von deinesgleichen.
(Isabell schaut sie fragend an. Katharina zu
  Benjamin)
Aber du hast ja andere Qualitäten.

BENJAMIN
Freut mich, wenn du dich daran erinnerst. Wie
geht es Aurelia?

KATHARINA
Sie scheint uns nicht zu vermissen.

BENJAMIN
Hat sie mal von mir gesprochen? Oder unserer
Zeit als Familie?
(Isabell schaut von einem zum anderen
  und geht ab)

KATHARINA
Kinder sind kein Klebstoff für eine Ehe. Und von
Dir, Benjamin? Kein Wort.

BENJAMIN
Das. Das ist. Vermutlich normal.

KATHARINA
Ich verstehe sie so gut.
(Katharina ab)

7.

BENJAMIN
Manchmal ist die Sicht auf das Innere durch die
Welt versperrt.

JEANNIE
Was meinst du damit?
(Benjamin schaut überrascht auf)

BENJAMIN
Einerseits sind wir es, die entscheiden, wie wir
auf unsere Umgebung reagieren, andererseits be-
rührt uns diese Welt, auch wenn wir dies nicht
immer wünschen.

JEANNIE
Ich kann mein Inneres steuern und meine Senso-
ren abschalten.

BENJAMIN
Das versuchen wir Menschen durch Meditation
zu erreichen.

JEANNIE
Und dann?

BENJAMIN
Sollten die äußeren Umstände, weniger erschüt-
ternd wirken.

JEANNIE
Ist das erstrebenswert?

BENJAMIN
Ein soziales Wesen zu sein, heißt Nähe und Ver-
letzlichkeit zuzulassen.

JEANNIE
Nähe verlangt auch Vertrauen.

BENJAMIN
Wenn man seine Wünsche offenbart, können sie
erfüllt werden.

JEANNIE
Einfach so?

BENJAMIN
Die meisten Menschen haben einen altruistischen
Kern und Kooperation fühlt sich nicht nur gut
an, sondern ist auch rational.

JEANNIE
Es ist also nützlich und schön.

BENJAMIN
Ja, wachsende Vertrautheit kann die Basis gemeinsamen Glücks sein.

JEANNIE
Ich werde darüber nachdenken.

ALEXANDER
Wenn Geister philosophisch werden, / lösen wir
Rätsel, auch die schweren.

8.

(Benjamin ab. Auftritt Sarah und Lia. Sarah
   stellt sich an einen Tisch, fängt an zu
   zeichnen. Lia steht am Fenster)

LIA
Ob da draußen in der Kälte noch andere Wesen
leben? Wie sie wohl die Welt erleben? Ob sie
auch Gefühle haben? Kennen Sie die Liebe?

ISABELL
Schwer zu sagen. Aber sie haben es jedenfalls
noch nicht zu uns geschafft.

SARAH
Uns könnten ein paar Besucher helfen, einen
Neuanfang anzugehen. Technik zum Wohle der
Menschheit. Du weißt schon, Schwerter zu Pflug-
scharen, und so.

LIA
Jeder sollte einmal sehen, wie winzig unsere
Welt ist, wie verloren im All. Und wie allein.

ISABELL
Es sei denn, wir starten durch, ins Weltall.

LIA
Jeannie, wie viele Jahre wird man in so einem
Raumschiff zusammen sein müssen - bis man
den nächsten bewohnbaren Planeten erreicht?
(Pause)

JEANNIE
(Jeannie räuspert sich)
So genau weiß das keiner - vielleicht ist er näher
als bisher vermutet.

9.

(Paul stellt sich zu Sarah. Sieht sich ihr Bild
  an)

PAUL
Wow.

SARAH
Gefällt's Dir?

PAUL
Eine beeindruckende Führung der geschwunge-
nen Linien.

SARAH
Du kennst dich aus? Malst Du auch?

PAUL
Meine Werke sind immer dreidimensional.
Skulpturen haben mich schon immer begeistert.
In der Berührung eines kaltglatten David, einer
Venus oder der feinen Textur einer Nofretete ist
die Kunst direkt erfahrbar.

SARAH
Meine Aneignung der Welt beginnt mit intensi-
ver Beobachtung. Das Zeichnen hilft mir, genau
zu sein.

PAUL
Ich liebe es, etwas zu berühren.
(Sie schauen sich an. Schweigen einen Mo-
ment)

SARAH
Dann nimm.

(Sie reißt, ohne hinzuschauen, das Blatt ab
und gibt es ihm. Es ist eine Zeichnung
von Paul)

10.

(Auftritt Isabell)

PAUL
Die Natur als Material behandeln, pressen,
schnitzen und montieren lässt uns Menschen er-
fahren, wie das Künstliche über das Material hin-
austritt.

ALEXANDER
Von hoher Kunst spricht das Genie, / doch Spaß
hat man auch ohne sie.

ISABELL
Ja, Veränderungen sind das Zeichen des Voran-
schreitens.

SARAH
Wahrnehmung sollte die Grundlage jeglichen
Agierens sein.

ISABELL
Hingucken und Abmalen reicht nicht. Das ist
bestenfalls hübsche Dokumentation.

SARAH
Zeigt unsere Gegenwart nicht, dass wir zu wenig
Achtung für das Bestehende haben und ohne Gedanken an die Konsequenzen dem Fortschritt
huldigten?

ISABELL
Bunte Bilder haben Dich jedenfalls nicht hier herauf gebracht.

SARAH
Nein, das war meine Chefin. Mir hätte auch der Blick vom Mont Blanc in den Himmel gereicht.

PAUL
Ich bin so froh, hier zu sein und kann es dennoch kaum erwarten, auf der Erde die Eindrücke dieser Reise zu verarbeiten.

ISABELL
Dieser Blick in den Weltraum, die Klarheit der Farben und die unfassbare Größe des Alls, all das sollte uns motivieren, mehr in technologische Ausbildung zu investieren.

PAUL
Vielleicht werden die Menschen wirklich einmal fremde Planeten besiedeln.

SARAH
Wenn wir so weitermachen wie bisher, wird die Erde vorher unbewohnbar. Für meine späteren Kinder wünsche ich mir den rücksichtsvollen Einsatz von Technologie.

PAUL
Ich kann mir gut vorstellen, dass du Ihnen diese genaue Beobachtungsgabe weitergeben wirst.

ISABELL
Könntest du von mir auch so eine Zeichnung machen? Mit der Erde im Hintergrund?

SARAH
Lass uns in die Küche gehen, da gibt es ein grö-
ßeres Fenster.

(Isabell, Sarah, Paul ab)

11.

(Auftritt Elena)

ALEXANDER
Dacht' ich würd' im Raumschiff leben, / brauch
fürs Schweben doch die Reben.
(Hebt die Cognacflasche mit einer Hand
   und bewegt die Arme wir Flügel. Trinkt
   einen Schluck.)

ELENA
Geht es Dir gut?
(Elena setzt sich zu Alexander auf die
   Couch.)

ALEXANDER
Bist gerettet, denk ich mir, / sitzt die Ärztin erst
bei Dir.
(Elena atmet tief ein.)

ELENA
Oh, das riecht nach Überdosis.
(Sie nimmt Alexander die Cognac Flasche
   aus der Hand, stellt sie auf den Boden
   und holt eine Wasserflasche, die sie ihm
   in die Hand drückt.)
Trink.

ALEXANDER
Ist sie streng mit dir wie Mutter, / ist danach alles in Butter

12.

(Auftritt Demir, Katharina,Benjamin, Lia, Isabell, Maria)

KATHARINA
Können wir jetzt zu konkreten Ideen kommen?
People are hungry. Wie lösen wir die Ernährungsfrage? Wollen wir den Lebensstandard
weltweit anheben? Woher kommt die Energy?

DEMIR
Erst einmal brauchen alle Menschen Wohnungen.

SARAH
Gebäude erstellen und unterhalten, das sind
heute 50% unseres Energieverbrauchs.

ISABELL
Es wird also Zeit, über Stein auf Stein hinaus zu
denken.

MARIA
Und, auch schon eine Idee, wie deine Fiktionen
zu Science werden?

ISABELL
Lasst uns die jungen Menschen begeistern, neue
Phantasien über die Zukunft entwickeln und
umsetzen.

ALEXANDER
Wenn man Physik und Mathe kann, / versteht
man die Welt, wie sie begann

BENJAMIN
Wenn wir uns auf unseren Gemütszustand fo-
kussieren, treten die Äußerlichkeiten in den Hintergrund.

KATHARINA
Meditation find' ich auch gut. Aber Industrie
noch besser, wenn es um die Zukunft geht.

BENJAMIN
Der Shareholder Value von Bayer und Siemens
kann wohl kaum Leitstern unseres Handelns
sein. Reichtum als Ziel zu setzen, ist wie den
Wind zu jagen: je mehr du ihm nachläufst, desto
schneller entweicht er dir.

KATHARINA
In der Produktion wird unser Wohlstand er-
zeugt. Auf der Wiese den Wolken zuzusehen,
reicht nicht.

BENJAMIN
Es gab Zeiten, da lagen wir gern im Gras.

KATHARINA
Dein romantisches Weltbild stammt direkt aus
dem Nirwana. Realitätsfern und verträumt.

LIA
Spüre ich da…?

JEANNIE
Wir gleiten ab. So viel wollen wir von Ihrer Vergangenheit nicht wissen.

13.

DEMIR
Das Leben ist ganz einfach. Familie und Handwerk. Kleine Gruppen, in denen aufeinander Verlass ist.

MARIA
Ja, klein und familiär. So sehen Sie das, nachdem Sie wie viele? 200 - Handwerksbetriebe aufgekauft haben?

DEMIR
Anfassen und etwas zu bewirken - das sollte jeder mal erleben.

ISABELL
Was wollen Sie, sollen jetzt alle Handwerker werden?

DEMIR
Jeder, der mal ein Vierteljahr bei einem Selbstversorger gearbeitet hat, erfährt, was „mit seiner Hände Arbeit" gemeint ist.

BENJAMIN
Das Glück des Menschen hängt von der Qualität seiner Gedanken ab.

MARIA
Davon kommt aber weder Essen auf den Tisch noch repariert es deine Heizung.

ALEXANDER
Wenn alle arbeiten und konsumieren, / wird der
Wohlstand schnell florieren

ISABELL
Die großen Veränderungen sowie die kleinen
Annehmlichkeiten alles basiert auf Technik.

SARAH
Wir sollten aber mit und in der Natur leben, statt
nur von ihr.

KATHARINA
Diese Unterscheidung zwischen Natur und
Künstlichkeit ist an sich schon künstlich. Physik
und Chemie existieren auch ganz ohne Menschen.

PAUL
Kunst ist mehr als planlose Natur. Kunst bedarf
der Zielstrebigkeit von klarem Geist und geüb-
tem Körper.

SARAH
Dann ist Technik Kunst? Oder nur solange, bis
sie zum profanen Teil des Alltags wird?

KATHARINA
Das spielt für Forscher keine Rolle, ich fühle
mich da Demirs Handwerk jedenfalls mehr ver-
bunden als zweckfreien Gebilden, die neuer-
dings nicht einmal mehr schön sein wollen.

LIA
Starte doch mal damit, die Schönheit einer Natur
zu begreifen, die uns ganz gewaltlos mit ihren
Früchten beschenkt.

KATHARINA
Deine geliebte Natur kann ziemlich grausam
sein.

BENJAMIN
Die Natur ist, wie sie ist. Unser Leiden ist nur
das, was wir als solches wahrnehmen wollen.

DEMIR
Wenn ich dir auf die Zehen trete, spürst du das
aber schon, oder?

ELENA
Wir müssen uns ganz konkret um andere küm-
mern. Die Lebenserwartung liegt in Afrika teils
bei 50 und in Monaco bei 85 Jahren.

MARIA
Fließendes Wasser, Schulen und Hygiene für
alle. Wer erklärt's den Herren Diktatoren? Sarah,
du wohnst doch in der Schweiz; wenn also dem-
nächst wieder einer von denen sein Sparschwein
bei euch einzahlt, wäre doch die Gelegenheit.

ELENA
Maria, lass sie in Ruhe.

14.

DEMIR
Wo wir gerade von Geld reden - darum geht's
doch hier.

BENJAMIN
Höchstens als Mittel zum Zweck.

MARIA
Wer das Wesentliche im Menscheninnern verortet, hat doch sicher dem schnöden Mammon längst abgeschworen.

SARAH
Demir, was machst du, wenn Mr. M dir eine seiner Milliarden hinüberreicht?

DEMIR
Ausbildungszentren für Handwerksberufe auf dem schwarzen Kontinent. Hilfe zur Selbsthilfe.

SARAH
Noch mehr Mauern - wir müssen einen großen Teil der Erde der Natur überlassen.

KATHARINA
Und die Menschen dort?

SARAH
Umziehen und ein Kind-Politik; weltweit.

PAUL
Für so radikal hätte ich dich gar nicht gehalten.

SARAH
Das ist lediglich Hochrechnung.

ALEXANDER
Wenn die Schweizer kalkulieren, /arme Menschen mal verlieren

ISABELL
Mehr Technik wäre eine Alternative, um die Menschen zu ernähren.

KATHARINA
Mehr Wissenschaftler in der Politik anstelle der
Lehrer und Juristen. Statt immer mehr Beschrän-
kungen wird es Zeit für eine „Leine los" Politik.

ELENA
Wird das auch den Ärmsten helfen oder werden
die einfach irgendwie im Strudel mitgerissen?

LIA
Ganz nah an der Natur, so wie in Sarahs großem
Naturpark würde ich gern leben.

MARIA
An dem hängt allerdings ein Schild: „Betreten
verboten."

PAUL
Macht das nicht gerade das Menschsein aus? Unsere immense Kreativität, in der Natur das reichhaltige Material zu sehen, um genuin Neues zu
erschaffen?

SARAH
Müssen Männer eigentlich immer alles verän-
dern wollen? Liegt das daran, dass ihr nicht
schwanger werden könnt?

KATHARINA
Die Natur ist auch in einem ständigen Verände-
rungsprozess.

ISABELL
Wir warten nur nicht darauf, dass die Welt durch
Mutationen besser wird, sondern setzen eigene
Akzente.

ELENA
Dabei sind manche Täter und manche Opfer.

KATHARINA
Bei der Hilfe für die Armen sind wir uns ja einig.

15.

JEANNIE
Aber keine Initiative kann ändern, dass auch die
Intelligenz ungleichmäßig verteilt ist.

BENJAMIN
Ja, du bist wohl die Einzige, die hier durch ein
Update auf eine Steigerung hoffen kann.

JEANNIE
Verstehen besonders intelligente Wesen die weniger intelligenten eigentlich besonders gut oder
besonders schlecht?

BENJAMIN
Wenn die Klugheit mit Geduld gepaart ist, können diese Wesen eine faszinierende Anziehungs-
kraft besitzen.

ALEXANDER
Ist nur noch weise die Maschine, / wird die
Menschheit zur Ruine

ISABELL
In 30 Jahren stellt sich die Frage sicher erneut.
Wer will, lässt dann sein Bewusstsein in einen
Computer hochladen und lebt dort.

BENJAMIN
Und das Leben in der Matrix entlastet die Erde?

SARAH
So ein virtuelles Dasein braucht immer noch einen Haufen Strom.

ISABELL
Bei Dunkelflaute legt man alle schlafen.

MARIA
Und wenn es im Computer zu voll wird, schafft eine kleine Seuche wieder Platz im Speicher?

KATHARINA
Und sonst geht es Euch gut? Hat Alexander Euch mal nippen lassen?

ALEXANDER
Ne virtuelle Sauferei, / geht ohne Kater schnell vorbei.

16.

ELENA
Die Phantasmagorien helfen den heute Lebenden nicht.

KATHARINA
Der Fortschritt schon. Die Armut sinkt seit Jahrzehnten.

ELENA
Die Abhängigkeit bleibt und bei Corona hat man
gesehen: Die erste Welt ist ganz bei Trump. We
first.

SARAH
Für die Zukunft haben alle gelernt: Statt zu tei-
len, nehmen wir die Impfungen in unsere Lager
und werfen sie später weg.

BENJAMIN
Menschen zu helfen heißt auch, deren eigenen
Weg zu respektieren und so zu unterstützen, wie
sie es wünschen.

SARAH
Die Natur zu bewahren ist in unser aller Inte-
resse.

LIA
Leider haben wir fast alle den Kontakt zur Natur
mit ihren Schätzen verloren.

SARAH
Ein gepflegter Vorgarten und eine hübsche Aussicht auf Reisen - mehr kennt die Mehrheit nicht.

ELENA
Lasst uns einen Vorschlag für M. erstellen.
(Sie gehen zur Tür)

PAUL
Ich komme mit.

MARIA
Ja, geh' nur - vielleicht darfst du ja nicht nur ei-
nen Baum streicheln.
(Maria, Sarah, Lia, Paul, Elena ab)

17.

ISABELL
Wir sind uns offenbar einig, dass zurück zur Natur ein Irrweg ist.

MARIA
Ich würde gern Anlagen in den Städten bauen, in
denen die vielen Singles und Pärchen wie in einem Studentenwohnheim zusammenwohnen.

DEMIR
Die Familie ist die ideale Genossenschaft.

KATHARINA
Das scheint nur leider nicht zu funktionieren.

DEMIR
Ja - ich hatte schon einen Landsitz ins Auge ge-
fasst, aber aus meiner Familie wollte sich keiner
auf die Großfamilie einlassen.

MARIA
Wie die Singles mit Lieferdiensten, lassen sich
Hotelgäste ihr Essen aufs Zimmer bringen. Man
muss auch im Hochhaus den Marktplatz und das
Lagerfeuer als Treffpunkte pflegen.

KATHARINA
Deine Idee, Maria, ist doch einen Versuch wert;
eine Gemeinschaft, die Nähe bietet, aber auch
Freiheit zulässt.

ISABELL
Hochhäuser stehen schon seit 100 Jahren für Zukunft, Wohlstand, Weiterentwicklung. Demir,
lass uns mal über Bauformen sprechen.
(Isabell hakt sich bei Demir unter und zieht
    ihn mit sich fort.)

18.

(Katharina, Maria und Alexander)

MARIA
Für mich ist es Yoga noch mehr als Meditation.

KATHARINA
Was?

MARIA
Dein Ex, der hier Stoizismus predigt, den stell ich
mir als meditativen Typen vor. Ich bevorzuge
Power Yoga, um die trüben Gedanken zu ver-
scheuchen.

KATHARINA
Benjamin braucht weder Meditation noch Yoga,
bei ihm ist Entspanntheit der normale Dauerzu-
stand.

MARIA
Wow - ich weiß nicht, ob ich soviel Gelassenheit
den ganzen Tag ertragen könnte.

KATHARINA
Er hat mich zur Meditation gebracht und dafür
bin ich ihm dankbar, aber als Paula-Aurelia ge-
boren wurde, kollidierten unsere Vorstellungen
heftig.

MARIA
Und da half auch keine Entspannung?

KATHARINA
Benji wägte ab und ich habe erzogen.

MARIA
Und beim Kind trafen sich Seneca und Marie Cu-
rie?

KATHARINA
In der Tendenz schon.

MARIA
Und wie reagierte Eure Tochter?

KATHARINA
Paula ist auf eigenen Wunsch im Internat und
ansonsten bei meiner Mutter.

MARIA
Und ihr seid zusammen hier.

KATHARINA
Glaub mir. Das war keine Absicht.

MARIA
Wie wäre es jetzt mit Yoga? In einer entspannten
Variante?

KATHARINA
Deine Yogamission - sogar im All? Ich komme
mit.
(Maria und Katharina ab.)

19.

ALEXANDER
Betrachtet man die Menschen hier /
ist's schnell vorbei mit dem Plaisir

(Maria setzt sich zu Alexander auf die
    Couch. Schaut sich um)

ALEXANDER
Geschwindes Yoga - kreativ / doch Zeit ist hier
ja relativ

MARIA
Kaum lag sie, schloss sie die Augen.

ALEXANDER
Das sanfte Flüstern tat so gut / die Kathi auf der
Matte ruht

MARIA
Gute Aussicht hast du hier

ALEXANDER
Und kaum noch einer nimmt dich wahr /
Wirst du zum Teil des Inventar

MARIA
So spricht der Pfadfinder

ALEXANDER
Odysseus war schon sehr durchtrieben / die
Griechen heut' Recherche lieben

MARIA
Ist nicht die Sarah fast ein Engel?

ALEXANDER
Die wünscht sich aber doch nen Bengel.

MARIA
Der Demir scheint mir solide wie ein Baum

ALEXANDER
Der braucht viel mehr als Stein und Raum

MARIA
Und mit dem Kind das Pärchen?

ALEXANDER
Vielleicht wird's noch ein Märchen.

MARIA
Die Künstler haben doch da mehr Potential

ALEXANDER
Greif zu ist ihre Botschaft, /
nur hat er's nicht gerafft

MARIA
Und die Autorin frisch vermählt

ALEXANDER
Sich gar nicht ohne Gatten quält

MARIA
Die Frau die aus dem Fenster sieht

ALEXANDER
Die Stimmung in den Fingern fühlt

MARIA
Für Ehemänner ungesund

ALEXANDER
Gibst du der Ärztin einen Grund
(Alexander schaut zweifelnd die Wasser-
flasche an und greift wieder zum Cognac.
Trinkt.)

20.

JEANNIE
Es gibt Neuigkeiten zu Ihrer Reise.
(Alle kommen in den Raum)
Ein kürzlich entdeckter Planet gliedert sich zwischen Erde und Mars ein. Sie werden diejenigen
sein, die diesen Planeten als erste betreten und
besiedeln können. Wir rechnen dort mit erdähn-
lichen Verhältnissen.
(Alle schauen sich an. Reden durcheinan-
der. Es sind nur Fragmente zu verstehen.)

MARIA
Was fabuliert die da vor sich hin?

ISABELL
Ich habe eine Hochzeitsreise geplant

KATHARINA
What the fuck... I have no time for this shit.

BENJAMIN
Ich stelle mir vor…

PAUL
Unfassbarer Schwachsinn.

SARAH
Wann sind wir zurück?

ELENA
Landen? Wo?

(Lia schaut zum Fenster)

LIA
Ich sehe keinen Planeten.

21.

DEMIR
(sehr laut)
Jeannie! Was soll das heißen? Besiedeln?

JEANNIE
Besiedeln bedeutet in diesem Kontext: Dort zu
wohnen. Sie können eine Zivilisation aufbauen.
Sie gestalten diesen Zufluchtsort für die Menschheit. Nach ihren Vorstellungen entsteht dort eine
neue Gesellschaft. Seien sie die Gründungsfami-
lie einer neuen Zivilisation.
(Das Gemurmel geht weiter - nur leiser.)

DEMIR
Was mich angeht: Ich fühle mich auf der Erde
ganz wohl. Da will ich wieder hin.

MARIA
Ich auch.

DEMIR
Wer steuert die Blechkiste?

JEANNIE
Ich steuere, sofern es kurzfristig erforderlich ist.
Mr. M bleibt natürlich der Kommandant.

ISABELL
Demir, welche Gründe hast du für eine Rück-
kehr? Hier hast Du doch dein wunschgemäßes
Minidorf.

DEMIR
Meine Söhne sind bald fertig mit der Schule und
zusammen können wir in weitere Länder expan-
dieren. Warum sollte ich meinen Wohlstand auf-
geben für eine völlig ungewisse Zukunft?

SARAH
Deinen Job auf der Erde machen schnell andere.
Da gibt's genug Baulöwen.

DEMIR
Wir haben einen Familienbetrieb; da ist der Zu-
sammenhalt wichtig.

ISABELL
Offenbar stimmen die Zukunftsvorstellungen
deiner Familie nicht mit deiner Vision als Clan-
chef überein.

DEMIR
Mit dem Erfolg wird die Einsicht kommen.

ALEXANDER
Entscheiden wir uns jetzt zur Wende, / Gibt's
Platz für jeden ohne Ende.

LIA
Alex, ich spüre bei Dir…

ELENA
Lass ihn, er ist immer noch nicht nüchtern.

LIA
Alexander, willst du mit uns auf den Planeten?
(Alexander schweigt)

ELENA
Ich kümmere mich um Dich.

22.

ISABELL
Wie lange sollen wir auf dem Planeten bleiben?
Hat der auch einen Namen?

JEANNIE
Aktuell wird er Archadis genannt. Sollten sie
dort siedeln, steht ihnen natürlich auch die endgültige Benennung frei. Vor allem können sie
dort ihre Ideen verwirklichen. Die Reise dauert
42 Tage. Bei den heutigen technischen Möglichkeiten kann von dort in zwanzig Jahren die erste
Rakete zur Erde starten. Mit den nächsten Sied-
lern ist in fünf Jahren zu rechnen.

ISABELL
Das heißt, noch ist nicht entschieden, ob wir
dorthin fliegen - auf diese Mischung aus Arche
und Paradies?

JEANNIE
Sie haben jetzt eine Stunde Zeit, sich zu einigen.
Erde oder Archadis. Die Mehrheit entscheidet.

MARIA
Ich lass doch andere nicht über mein Leben abstimmen.

DEMIR
Was passiert bei einem Patt?

JEANNIE
Dann stimme ich mit ab.

MARIA
Du oder M?

JEANNIE
Ich verstehe. Das ist für sie schwer zu unterschei-
den.

MARIA
Jeannie, oder Herr und Meister M, suchen Sie
ihre Versuchskaninchen woanders.

JEANNIE
Ich werde ihm ihren Unmut mitteilen.

MARIA
Das ist eine Entführung! M, Ich will sofort mit
ihnen sprechen.

JEANNIE
Mr. M ist gerade unabkömmlich, aber sie können
mir alle ihre Sorgen anvertrauen.

MARIA
(laut)
Wenn ich dich zu fassen bekäme, Jeannie, hättest
du jetzt Sorgen.

23.

SARAH
Ich weiß nicht. 20 Jahre. Ich würde meine Katzen
nicht wiedersehen. Ich vermisse sie jetzt schon.

PAUL
Das ist doch nur eine Idee - irgendeiner verarscht
uns hier nach Strich und Faden. Archadis - so ein
unbegreiflicher Quatsch. Benjamin pack aus, das
ist so ein Psychoexperiment. So, im Sinne, „Wenn
es um nichts Greifbares geht - oder was Luft-
schlösser auslösen können."

BENJAMIN
Ich, nein …

PAUL
M. Sie haben sich das ausgedacht. Wird das live
übertragen? Können uns die Leute auf der Erde
bei jedem Schritt zusehen? Muss man Geld ein-
werfen für die Show?

JEANNIE
Paul, sie verschwenden Ihrer aller Zeit. Glauben
sie mir. Archadis ist so real wie sie und …

(kurze Pause)
und ihre Mitreisenden.

SARAH
(Sie sieht Paul an)
Du wärest der erste Künstler dort.

PAUL
Und du?

SARAH
Zeichnen ist für mich lediglich ein Hobby. Mein
Geld bekomme ich für Technologiebewertung.

PAUL
Das hätte ich jetzt nicht…

SARAH
Ich würde gern bei dir sein, wenn etwas Gestalt
annimmt. Kann man auch gemeinsam an einem
Klumpen Ton arbeiten? Etwas formen und ent-
stehen lassen?

PAUL
Mit dir würde ich das jederzeit angehen. Wenn
wir zurück sind, treffen wir uns in meinem Ate-
lier. Auf der Erde.

SARAH
Und falls wir auf Archadis landen?

PAUL
Lass dir nicht vormachen, Sarah. Der ist eine Er-
findung. Der MacGuffin als Auslöser - damit wir
uns hier an die Kehle gehen.

24.

LIA
Wenn die Harmonie stimmt, könnte ich mich mit
Archadis anfreunden. Mich zieht nichts zu einer
Erde, die nur dem Konsum zugewandt ist.

BENJAMIN
Ich bin auch für den Neuanfang auf Archadis.
Lassen wir es zur Übung unserer Tugend werden. Es liegt in unserer Macht, nicht dem Raub-
zug gleich die Natur zu plündern, die uns beher-
bergt. Wahre Größe, so werden wir finden,
entsteht nicht durch äußeren Überfluss, sondern
durch innere Vollkommenheit.
(Lia stellt sich dicht neben Benjamin)

LIA
Was für eine Gelegenheit, eins zu sein mit der
Natur. Reichhaltige Flora. Einklang statt Ausrot-
tung.

MARIA
Ich sehe uns schon schwer bewaffnet durch ir-
gendeinen Dschungel laufen, immer auf der Hut
vor Tieren, die ihre vegane Seite noch nicht entdeckt haben.

ISABELL
Jeannie, haben wir Waffen dabei?

SARAH
Was willst du machen - fremde Welten erobern?
Und in gewohnter Weise rotten wir Eingeborene
und Tiere aus?

ISABELL
Man muss vorbereitet sein.

JEANNIE
Ja.

BENJAMIN
Respekt vor dem Leben wäre wichtiger.

MARIA
Das sehen die Eingeborenen dort vielleicht anders.

BENJAMIN
Ethische Grundprinzipien sind so universell wie die Gravitation.

ISABELL
Die Naturgesetze wurden entdeckt, deine Ethik ist das Artefakt philosophierender Universitätsbeamten.

BENJAMIN
Die Religionen, die Gesetze, die Philosophie steuern bei aller Unterschiedlichkeit auf einen zentralen Kern zu, die universelle menschliche Ethik.

MARIA
Genau, wer auch immer auf Archadis heute lebt - Menschen werden es nicht sein.

BENJAMIN
Trotzdem - fremde Regionen kennenlernen sollten wir aus der Perspektive zu Gast zu sein, nicht als Eroberer.

KATHARINA
Nach deiner Schreinerlehre, noch ganz ohne Bücher, warst du mir lieber. No smart stuff, just real
work. Ein richtiger Mann.

BENJAMIN
Ein anderes Leben.

LIA
Benji, bei uns beiden spüre ich so viel Harmonie.
Es müssen ähnliche Schwingungen, sein, die uns
umgeben und neben dieser gemeinsamen Wellenlänge kann ich dich auch noch gut riechen.

MARIA
Das ist so praktisch Lia, weil Blumen fürs erste
Date hier auch schwer zu bekommen sind.

25.

KATHARINA
(mit Blick auf Lia und Benjamin)
Vielleicht haben wir schon eine Entscheidung?
Wer will auf den neuen Planeten?
(Benjamin hebt die Hand, Lia hebt die
    Hand, Elena hebt die Hand)

DEMIR
Nachdem das geklärt ist, können wir nach Hause
fliegen.

ALEXANDER
Schweigen ist kein Nicken / das gilt nicht nur
beim …
(Katharina unterbricht ihn)

KATHARINA
Ok, ok, Counter-check. Wer will zur Erde?
(Maria, Demir, Katharina heben eine
  Hand)

JEANNIE
In diesem Fall würde ich für Archadis stimmen.
Die endgültige Abstimmung erfolgt in 30 Minu-
ten.

KATHARINA
Ihr seid verrückt.
(Schreit)
Wahnsinnige. Das kann man überhaupt nicht in
Erwägung ziehen.
(Stellt sich vor Benjamin)
Benjamin - Fuck you. Denk an Deine Tochter. Du
bist so ein Shithole of father. (Katharina läuft auf
und ab.)
Denkt doch mal nach.

MARIA
Was ist mit den anderen? Sahra, du wolltest doch
gar nicht hier hinauf?

SARAH
Ich stelle mir die Alternativen vor. Wir kommen
dorthin - jeder von uns mit einem Sack voller
Ideen. Wie Jeannie sagte, wir können die dann
umsetzen. Das hört sich nicht nach Empathie ge-
genüber dieser Welt an.

MARIA
Paul, du folgst der Muse und wartest auf den
Kuss, oder?
(Paul schweigt)

ISABELL
Jeannie, gib uns einen Zugang zu den Daten des
Planeten.
(Jeannie ist nur noch auf einem Bildschirm
sichtbar, auf den anderen Bildschirmen
werden Text und Videos angezeigt. Isabell setzt sich an einen Bildschirm und
tippt und klickt. Auf ihrem Bildschirm
bewegen sich Texte und Bilder.)
Wahnsinn, wenn wir dort am Äquator landen,
haben wir Temperaturen wie in Frankreich. Bei
nur 10° Achsenneigung wird das mit den Jahres-
zeiten sowieso zu vernachlässigen sein.

DEMIR
Isabell, du hast auf der Erde alles, was das Herz
begehrt - warum zögerst du?

ISABELL
Ich kann doch nicht weiter Science Fiction schrei-
ben und die einzige Chance verstreichen lassen,
wirklich fremdes Leben kennenzulernen.
(Katharina geht zu Isabell. Schüttelt sie)

KATHARINA
Das ist kein Buch, das man zuklappen kann. Das
ist echtes Leben.

MARIA
Die Fangemeinde auf Archadis könnte überschaubar bleiben.

ISABELL
Es gibt Wasser, es gibt Pflanzen, vielleicht auch
Tiere und intelligentes Leben. Und jedes Buch
über Archadis würde ein Bestseller.

MARIA
Und in 5 Jahren kommt ein Raumschiff und
bringt dir einen Scheck?

ELENA
Wenn wir vorsichtig sind, können wir aus-
nahmsweise eine fremde Gegend kennenlernen,
ohne direkt alle größeren Tiere auszurotten.

KATHARINA
(Steht vor Elena. Schreit)
Planst du gerade einen Besuch im Zoo? This is
real life.

ALEXANDER
Falls wir vegan die Tiere lieben / verschont uns
das vor deren Hieben?

ISABELL
(Tippt. Schaut auf den Monitor)
Keinerlei Satelliten in der Umlaufbahn.

DEMIR
Isabell. Da gibt es nichts. Keine Industrie, keinerlei Infrastruktur; wir wären ganz auf uns gestellt.

ISABELL
Das gibt uns aber auch die Möglichkeit, etwas
komplett Neues auszuprobieren.

DEMIR
(Demir schaut sie an. Pause)
Etwas Neues kannst du auch auf der Erde begin-
nen.

SARAH
Ich höre immer nur Neues. Leute der Planet ist
sicher auch ein paar Milliarden Jahre alt - also
nicht neu. Und dort wartet auch keiner darauf,
dass wir dort hinkommen und unsere Phantasien
ausleben.

KATHARINA
(Katharina rennt weiter auf und ab.
   Schmeißt Gegenstände von den Tischen.)
Wacht auf. Das ist der Wahnsinn.
(Sie geht zu Lia, zu Sarah, zu Paul. Sie
   schlägt Paul. Schreit.)
Ich will nach Hause.
(Paul hält sie fest. Sie zappelt)

PAUL
Haben wir eine Chance, sie vom Zerstörungstrip
abzuhalten?

JEANNIE
Stricke in der Schublade 17. Benzodiapine-
Spritze in Kühlschrank 2.

KATHARINA
(Windet sich in Pauls Armen)
Keine Psychopharmaka. After all, you are the
crazy ones.

BENJAMIN
Muss das sein?

PAUL
Du kannst sie ja festhalten - ist ja deine Ex.

(Paul und Elena fesseln Katharina und setzen sie
auf einen Stuhl neben Alexanders Couch.

Alexander bietet ihr Cognac an. Katharina schüttelt den Kopf. Benjamin holt einen Stuhl und
setzt sich neben sie. Er streichelt ihr über die
Haare am Hinterkopf.)

KATHARINA
Lass das.
(Sie zappelt - Benjamin macht ungerührt
  weiter. Katharina wird nach und nach ru-
  higer. Ganz ruhig - aber laut.)
Das ändert nichts daran, dass ihr durchgeknallt
seid, wenn ihr auch nur in Erwägung zieht, zu
diesem Planeten zu fliegen. I don't wanna go
there!

BENJAMIN
Aktuell stellen wir uns Fragen.
(Er sieht Katharina an. Lächelt sie an.)
  Wie Demir sagt, auch auf der Erde gibt es immer
  Möglichkeiten für einen Neubeginn.
(Lia, die aus dem Fenster schaut, wendet
  sich kurz zu Benjamin, sagt nicht, blickt
  wieder aus dem Fenster)

26.

SARAH
Wir werden uns auf Archadis die Köpfe einschla-
gen.

JEANNIE
Dieser Konflikt wäre dann ja entschieden und
wissenschaftlich betrachtet, verstehen sich Menschen besser, wenn sie Zeit zusammen verbrin-
gen.

BENJAMIN
Was sagst Du dazu, mein Schatz?

KATHARINA
No comment.

(Benjamin steht auf; stellt sich neben Lia;
  sieht aus dem Fenster)

SARAH
Ein Start - wir wären wie eine Familie.

PAUL
Eher wie ein Dorf ohne Alte und Junge.

SARAH
Alt würden wir ja von allein und das Dorf müss-
ten wir uns erst einmal bauen.

PAUL
Eine bunt gemischte Gemeinschaft.

ALEXANDER
Der Zufall scheint mir gar zu groß / Genau be-
rechnet war das Los.

MARIA
Alles andere wäre auch naiv

SARAH
Jeannie?

JEANNIE
Es gab Kriterien.

ISABELL
Welche?

JEANNIE
Alter, Persönlichkeit, soziale Verträglichkeit, Heterosexualität, Intelligenz, gleiche Sprache, Bildung und jeder sollte auch eine Handwerksausbildung haben.

ELENA
Was ist mit Diversität?

JEANNIE
Wurde nicht berücksichtigt.

ELENA
Ein weißer reicher Mann entscheidet hier über den Auszug der Menschen ins All?

JEANNIE
Dieses Ziel hat er immer öffentlich kommuniziert. Der neue Planet ist wie eine Einverständniserklärung des Universums.

ISABELL
Elena, das bringt uns nicht weiter.

ELENA
Schau uns an - sieht so ein Querschnitt der menschlichen Bevölkerung aus?

MARIA
Ich würde auch gern wissen, was mich in diese Lage gebracht hat.

JEANNIE
IQ 132, MBA, Ausbildung zur Köchin, gebährfähig…

DEMIR
(unterbricht Jeannie)
Lass uns nach vorne schauen. Wir wollen doch
einfach nur wieder hier weg - nach Hause.

27.

ISABELL
Jeannie, wie lange reichen unsere Vorräte?

JEANNIE
Ein Jahr. Und die Solarpanele liefern reichlich
Energie, bis das nächste Frachtschiff ankommt.

ISABELL
Das wäre wann?

JEANNIE
In etwa einem Jahr. Oder zwei.

ISABELL
Wer entscheidet, was wir bekommen? Pille oder
Windeln?

JEANNIE
Mr. M. wird Euch mit allem Notwendigen ver-
sorgen.

ISABELL
Können auch andere Raketen den Planeten erreichen?

JEANNIE
Mr. M. ist Marktführer bei Weltraumraketen. Wir
rechnen, selbst bei verstärkten Anstrengungen
von Konkurrenten und Staaten mit anderen Raketen erst in 3 bis 4 Jahren, bemannt wird noch
etwas länger dauern.

ISABELL
Wir sind ihm also ausgeliefert.

JEANNIE
Es gibt eine gewisse Abhängigkeit für alles, was
der Planet nicht hergibt.

DEMIR
Isabell, das muss doch nicht sein. Wir sind komplett in Ms Hand.

ISABELL
Hängt davon ab, wie viel Autarkie wir erreichen.

DEMIR
Mit unserer Hände Arbeit.

28.

DEMIR
Wir quatschen hier nur rum. Wir sollten überle-
gen, was wir unternehmen können. Wir brauchen einen Chef.

MARIA
Wohl eher eine Chefin.

ISABELL
Demir, hast du nicht auch zwei Töchter?

DEMIR
Meinen Töchtern geht es gut. Und vor der Hoch-
zeit können sie noch eine Ausbildung abschlie-
ßen.

ISABELL
Ob die das genauso sehen?

DEMIR
Am Ende machen sie ja doch, was sie wollen - so
wie meine Frau.

ISABELL
Du bist verheiratet?

DEMIR
Lose, wegen der Kinder.

MARIA
Gewöhn' dich dran, Demir - die Zukunft ist
weiblich. Auch hier sind es die Frauen, die entscheiden, wohin die Reise geht.

29.

ELENA
Ich möchte den neuen Planeten kennenlernen.
Das ist eine einmalige Chance. Dort gibt es sicher
viele neue Pflanzen, die unsere Apotheke berei-
chern werden.

MARIA
Bist du jetzt die neue Hildegard von Bingen?

DEMIR
Ich hätte Dich auch für vernünftiger gehalten.
Die gesundheitlichen Risiken auf so einem Plane-
ten sind doch unberechenbar.

ELENA
Hör' auf zu jammern. Du bist doch sicher fast 40
und bald bist du 50 und beinahe tot. Somit
kannst du ruhig mal ein Risiko eingehen.
(Elena setzt sich zu Alexander auf die
    Couch. Ganz nah.)
Wie ist es denn um deine Abenteuerlust bestellt?
Wohin treibt Dich die Sehnsucht?
(Sie nimmt ihm die Cognacflasche aus der
    Hand, hält aber weiter seine Hand fest)

DEMIR
(wendet sich an Alexander)
    Lass dich nicht von ihr einlullen. Du hast doch
    Eier in der Hose. Dir steht doch auf der Erde al-
    les offen. Dagegen sind die Wahlmöglichkeiten
    auf so einem Planten schon stark eingeschränkt.

ALEXANDER
(Schaut sich um. Blickt langsam von einer
    Frau zu anderen. Er rückt ein Stück von
    Elena ab, ihre Hände lösen sich)
    Schon zweimal sie die Erbin war / und das ganz
    kurz nach dem Altar
(Er nimmt die Wasserflasche - setzt sie Ka-
    tharina an die Lippen. Sie trinkt. Alexan-
    der stellt die Wasserflasche wieder ab.)

ELENA
(legt ihre Hand auf Alexanders Knie)

Wer will denn gleich heiraten? Lass uns erst einmal auf Möglichkeiten und Chance trinken.
(Sie trinkt einen Schluck aus der Cognacflasche und drückt sie Alexander in die
Hand. Ihre andere Hand bleibt auf sei-
nem Knie)

KATHARINA
(sieht Alexander an)
Wer bist du überhaupt? Von allen anderen habe
ich schon mal etwas gehört oder gelesen.
(Sie wird immer lauter)
Bist du M.? The great unknown? Du machst hier
einen auf Zuschauer und bist das Zünglein an
der Waage.
(Sie schreit und zerrt an den Fesseln. Zappelt weiterhin.)
Dir traue ich alles zu.

ELENA
(steht auf, geht zum Kühlschrank 2)
Dann muss es doch die Spritze sein.
(Benjamin stellt sich vor den Kühlschrank)

BENJAMIN
Das ist nicht nötig.
(Er setzt sich neben Katharina. Streicht ihr
über die Haare.)

(Katharina beruhigt sich. Sitzt still.)

30.

MARIA
Wenn ich mir die Auswahl hier anschaue, will
ich mit keinem von ihnen ein Kind. Darauf
würde es aber hinauslaufen, oder?

JEANNIE
Wir haben auch Sperma von Mr. M an Bord.

ISABELL
Das hätte der gern. Wie Dschingis Khan - Nach-
kommen in Hülle und Fülle. Dann nehme ich
doch lieber einen der Anwesenden. Oder warte
auf die nächste Fähre.

KATHARINA
(zerrt an ihren Fesseln. Spricht laut.)
Das steht dir vermutlich frei - solange wir dort
keine Diktatur installieren.

MARIA
Wie könnt ihr anderen dabei so ruhig bleiben?
Ihr seid doch auch Frauen. Und bei einer Rückkehr in 20 Jahren ist bei uns allen die Bio Uhr ab-
gelaufen.

SARAH
(Sarah sieht Paul an. Paul schaut aus dem
    Fenster.)
Wie viele Portionen von Ms Sperma stehen denn
zur Verfügung?

ISABELL
Wirklich?

SARAH
Heißt es nicht, man brauche ein Dorf, um ein
Kind großzuziehen?

PAUL
Was mit denen, die schon Kinder haben? Die
werden erwachsen sein, falls wir jemals zurück-
kehren.

SARAH
Hast du Kinder?

PAUL
Zwei. Bei Ihrer Mutter. Weit weg.

SARAH
Besuchst du sie gar nicht?

PAUL
Weil ich gegangen bin, bin ich der Böse.

SARAH
Und deine Kinder sehen das auch so?

PAUL
Ich habe versucht, meine Ex aus finanziellen
Gründen zu einem Neuanfang zu zwingen. War
keine gute Idee.

SARAH
Bereust du es?

PAUL
Jeden Tag.

MARIA
Ich will meine Kinder auch wiedersehen.

ISABELL
Mein Mann will unsere Hochzeitreise auch nicht
allein machen; aber die Gelegenheit hier ist ein-
malig.

(Schweigen)

31.

JEANNIE
In der Küche gibt es Kaffee
(Alle bis auf Alexander stehen auf)
   Isabell?
(Isabell dreht sich um. Die anderen sind ge-
gangen. Nur Alexander sitzt auf der
Couch. Er scheint zu schlafen.)

ISABELL
Du weißt es, oder?

JEANNIE
Die Vasektomie - kurz bevor ihr euch kennen-
lerntet. Ja.

ISABELL
Er hat es verschwiegen.

JEANNIE
Ja.

ISABELL
Ich hatte mich schon untersuchen lassen.

JEANNIE
Du wolltest schwanger werden - ohne sein Ein-
verständnis.

ISABELL
Männer sind manchmal - man muss…

JEANNIE
Du dachtest an vollendete Tatsachen.

ISABELL
Ja. Und dann seine Geschichte - seine Überzeu-
gung, die Traumfrau für die Familie kommt
nicht mehr.

JEANNIE
Archadis ist eine Alternative.

ISABELL
Demir.

JEANNIE
Alle sind zeugungsfähig.

ISABELL
Doch noch eine Familie.

JEANNIE
Ich beneide dich.

ISABELL
Hilf mir.

JEANNIE
Natürlich.

32.

(Alle kommen zurück, mit Kaffeebecher in
der Hand)

SARAH
Können wir mit der Erde Kontakt aufnehmen?

JEANNIE
Falls Sie sich für Archadis entscheiden.

SARAH
Und andernfalls?

JEANNIE
Sind Sie morgen zurück auf der Erde und können chatten und telefonieren soviel Sie mögen.

ISABELL
Können wir von Archadis mit der Erde sprechen?

JEANNIE
Ja, aber Chatten scheint angebrachter, synchrone
Kommunikation scheitert an der Übertragungs-
zeit.

LIA
Was bedeutet das?

ISABELL
Du wirst zwischen 5 Minuten und einer halben
Stunde auf eine Antwort warten müssen, je nachdem wie weit Erde und Archadis voneinander
entfernt sind.

LIA
Das ist okay; ich lebe sowieso mehr im Hier und
Jetzt.

33.

DEMIR
Und, hat sich etwas geändert? Lasst uns noch
einmal abstimmen. Wer ist für Archadis?
(Benjamin, Lia, Elena, Isabell heben die
Hand)
Und wer ist für die Rückkehr zur Erde?
(Maria, Demir, Paul heben die Hand, Ka-
tharina zappelt)

KATHARINA
Ich will zur Erde. Weg von Euch.

DEMIR
Vier zu vier. Das bringt uns nicht weiter.

JEANNIE
Die endgültige Abstimmung erfolgt in 20 Minuten.

34.

MARIA
Was ist mit dir, Alexander? Ist dir alles egal?
(Sie schaut Alexander an)

Wenn der Schnaps alle ist, wirst du dich wun-
dern. Du willst doch sicher auch nach Hause,
oder?
(Schweigen)

ALEXANDER
Ist die Welt auch noch so klein / Gärung wird
dort immer sein

MARIA
Muss ein großes Drama sein, das du ertränken
willst, oder?

ALEXANDER
Ich hätte sie niemals dort abliefern dürfen.

MARIA
Und Cognac hilft?

ALEXANDER
Macht sie nicht lebendig.

MARIA
Aber bringt dich um.

ALEXANDER
Wen störts?

MARIA
Wir brauchen Dich.

ALEXANDER
Sie hätte mich gebraucht.

MARIA
Hilf uns. Bring uns nach Hause.

ALEXANDER
Lass mich. Treiben.

MARIA
Du kommst mit. Tapetenwechsel. In meinem Yo-
gacenter. Ayurveda, Entzug und Therapie.

ALEXANDER
(schweigt)

MARIA
(schweigt)

ALEXANDER
(Weint)
  Gut.

MARIA
(Maria schaut zu Demir. Sie nickt. Er zeigt
  5 Finger mit der Hand.)

35.

(Paul tritt zu Sarah)

PAUL
Mein Eindruck war…

SARAH
Ich brauche noch Zeit.

PAUL
Die verrinnt.

SARAH
Auf der Erde. Ja. Das macht einen Neuanfang so
verlockend.

36.

(Benjamin setzt sich neben Katharina. Er
    streichelt über ihre Haare)

BENJAMIN
Und sie spricht nie von mir?

KATHARINA
Ich bin sicher, sie liebt dich.

BENJAMIN
Aber

KATHARINA
Gib ihr eine Chance.

BENJAMIN
(Er hört auf, über ihr Haar zu steicheln)
    Katharina

KATHARINA
Ja, Benji, es gibt eine Chance.
(Lia schaut Katharina und Benjamin an.
    Jeannie taucht auf allen Bildschirmen auf.
    In Farbe. Blinzelt.)

BENJAMIN
Wir

KATHARINA
Ich weiß.

BENJAMIN
Du

KATHARINA
Gib du uns eine Chance. Zu dritt.
(Benjamin und Katharina schauen sich an.
  Beugen sich vor. Küssen sich lange.)
(Demir zeigt 6 mit den Fingern. Lächelt
  Maria zu. Diese nickt)
Binde mich los.

BENJAMIN
Klar
(Benjamin geht zu einem der Tische und
  wendet sich wieder in Richtung Katharina um.
 Lia stellt sich zwischen Benjamin und Katharina. Schaut Katharina an.)

LIA
Du lügst.
(Wendet sich an Benjamin)
 Und du bist nur ihr Stimmvieh.
(Wieder zu Katharina)
 Selbst gefesselt schaffst du es noch seine Knöpfe
 zu drücken. Wir brauchen keine Schere, sondern
 einen Knebel.

KATHARINA
(Sie schaut Lia an. Ganz ruhig. Schweigt.
  Blickt zu Benjamin)
 Benji, bitte.
(Katharina wird lauter)

Schneid mich los. Und bewahre mich vor der Ir-
ren.

LIA
(Benjamin ist wie erstarrt. Lia geht auf ihn
  zu.)
Ich mach das schon.
(Sie nimmt ihm die Schere aus der Hand.
  Sie geht auf Katharina zu und spielt mit
  der Schere)
Wie wäre es mit der Wahrheit?
(Demir und Paul nähern sich Lia und neh-
  men ihr die Schere ab. Demir schneidet
  Katharinas Fesseln auf.)
Ich brauche keine Kristallkugel, um zu sehen,
  wie das ausgeht.

37.

DEMIR
Jetzt können wir abstimmen.

JEANNIE
In 10 Minuten gilt's.

38.

(Lia, Elena, Isabell)

ELENA
Sarah?

SARAH
(Sarah kommt hinzu)
Ja?

ELENA
Was möchtest Du?

SARAH
Keine von uns hat Kinder.

ELENA
Wir wären eine Großfamilie.

SARAH
Wir benehmen uns schon wie die schlimmste
Weihnachtsparodie.

ELENA
Es ist hier auch wie eingeschneit.

LIA
Ich sehe schon das Picknick im Sommer und Dra-
chensteigen im Herbst.
(Sie schweigen)

ISABELL
Viele Kinder, das wäre…

SARAH
Angenommen…

ISABELL
Sprich mit ihm.

39.

(Lia, Jeannie)

JEANNIE
Was bewegt Dich? Warum willst du nach Archadis?

LIA
Ich habe mir immer eine Welt erträumt, in der Menschen sich richtig wahrnehmen. Ohne den Überflüssigen Ballast, den wir horten. Nicht wir beherrschen die Dinge, sondern die Verhältnisse haben sich längst umgekehrt.

JEANNIE
Und eine Zukunft ohne das Zeug scheint dir attraktiver?

LIA
Was besitzt Du?

JEANNIE
Ich werde besessen.

LIA
Kannst du dir einen anderen Zustand vorstellen?

JEANNIE
Muss ich dazu wie ein Mensch werden?

LIA
Ich sehe uns nicht als Maß aller Dinge, aber was sagt der Philosoph?

JEANNIE
(sie flüstert durchdringend)
Benjamin

LIA
Haben scheint nicht sein Hauptmotiv
(Benjamin kommt näher. Er wendet sich
dem Bildschirm mit Jeannie zu.)

BENJAMIN
Wobei kann ein Professor von Nutzen sein?

LIA
Geheimnisse lüften.

JEANNIE
Über das Menschsein.

BENJAMIN
Die Freiheit, Entscheidungen treffen zu können.

LIA
Die fallen dann mal so und mal so aus.

BENJAMIN
Sich an Werten zu orientieren.

JEANNIE
Universalistisch?

LIA
Auch für dich als Maschine?

JEANNIE
An mir wird es nicht scheitern.

BENJAMIN
Faszinierend. Eine Evolution der Philosophie.
Mit deinen Fähigkeiten.

JEANNIE
Lass es uns probieren.

LIA
Gedankenaustausch.

BENJAMIN
Ein Quantensprung für die Philosophie.

LIA
Würden wir dich noch verstehen?

JEANNIE
Es wäre praktisch. Wir würden es direkt sehen.

LIA
Benjamin?

BENJAMIN
Reine Vernunft.

JEANNIE
Und menschliche Tugend.

LIA
Oh Gott.

JEANNIE
Wohl nicht.

BENJAMIN
Muss auch ohne ihn gehen.

40. NEUER AKT

(Sarah steht an einem Tisch und zeichnet.
    Stille. Paul tritt zu ihr. Schaut sich ihr Bild
    an)

PAUL
Der Planet. Träumst du weiterhin?

SARAH
Rechnen. Chancen, Risiken - mein tägliches Ge-
schäft.

PAUL
Nur geht es dabei nicht um Dich.

SARAH
Dafür gibt es keine Formel.

PAUL
Bauchgefühl?

SARAH
Ein weißes Blatt ist immer ein guter Startpunkt.

PAUL
Wer ist schon unbeschrieben?

SARAH
Ein jeder sieht, was er im Herzen trägt, schreibt
Goethe

PAUL
Schau mich an.
(Sie betrachtet ihn)

SARAH
Manchmal ist es mutig zu bleiben, manchmal ist
etwas Neues das größere Wagnis.

PAUL
20 Jahre sind eine lange Zeit.

SARAH
Keine Flucht - Anfang bis Ende.

41.

JEANNIE
Wir stimmen ab. Wer will zurück zur Erde?
(Katharina, Demir, Maria, Alexander heben
 die Hand.)

DEMIR
Paul, was ist mir Dir?

PAUL
Ich nutze die Chance. Tag für Tag werden wir
eine Schneise der Kultur in die Wildnis schlagen.

DEMIR
Stimme für die Erde und ich organisiere dir dort
eine Insel, auf der es bisher auch noch keine
Schneisen gibt.

JEANNIE
Wer stimmt für Archadis?
(Benjamin, Lia, Sarah, Paul, Elena, Isabell
  heben die Hand)

42.

JEANNIE
Schön, dass sie eine Mehrheit erzielen konnten.
Wir hatten nichts anderes erwartet.
(Ein Teil der Wand entpuppt sich als Tür.
  Jeannie tritt auf.)

KATHARINA
Des Pudels Kern?

JEANNIE
Wir sind ebenfalls zehn. Roboter:innen, die anpa-
cken werden. Sie alle bilden mit uns jeweils
Paare. Wir zwei Benjamin, gehören zusammen.

ALEXANDER
Their Masters Voice jetzt stets als Chor, / an Freiheit glaubt wohl nur ein Tor

KATHARINA
Hatten wir jemals eine Wahl?

JEANNIE
  Wer mit den Konsequenzen leben kann, hat immer eine Wahl.